EL BARCO  DE VAPOR

Maxi
el aventurero

Santiago García-Clairac

Primera edición: mayo de 1994
Trigésima primera edición: octubre de 2013

Dirección editorial: Elsa Aguiar
Ilustraciones: Santiago García-Clairac

© Santiago García-Clairac, 1994
  www.loslibrosdesantiago.com
© Ediciones SM, 1994
  Impresores, 2
  Urbanización Prado del Espino
  28660 Boadilla del Monte (Madrid)
  www.grupo-sm.com

ATENCIÓN AL CLIENTE
Tel.: 902 121 323
Fax: 902 241 222
e-mail: clientes@grupo-sm.com

ISBN: 978-84-348-4467-4
Depósito legal: M-42383-2010
Impreso en la UE / *Printed in EU*

A Roberto

1

ME llamo Máximo, pero todos me llaman Maxi.

Soy tan alto como la televisión de mi casa y hace cuatro años que voy al colegio.

Leo muchos tebeos y veo todas las películas de aventuras que puedo, porque de mayor quiero ser aventurero.

Ahora no puedo serlo porque, además de ser pequeño, no me dejan salir solo de casa.

Ser un niño a veces resulta un poco incómodo.

Todos se ocupan de ti. Te lavan, te dan de comer, te enseñan a hablar, a leer...; en fin, a todo.

No se fían de ti y no te dejan hacer

absolutamente nada. Salvo las tareas de la casa, como ordenar la habitación y cosas así.

Mis padres me quieren mucho y me cuidan. Se ocupan continuamente de mí. Mi padre hasta se preocupa más de mí que de su coche nuevo.

Mi madre trabaja para una revista y organiza muchas cosas, pero sobre todo nos organiza a mi padre y a mí. Es la persona más organizadora que conozco. Incluso más que el director del colegio.

Yo sé que lo hace por nuestro bien y así las cosas funcionan mejor. Por ejemplo, en las comidas. Un día cocina mi padre y otro ella. Yo, mientras, pongo la mesa. Eso es lo que se llama organización familiar.

Ellos se preocupan mucho por mi futuro y han prometido comprarme mi propio ordenador, y voy a dar clases de informática. Dicen que lo más importante es aprender el Sistema Operativo. Pero yo espero que me compren muchos videojuegos.

De aventuras, por supuesto.

Los amigos del colegio me respetan porque tengo la mayor colección de cromos. Nadie tiene ni la mitad que yo. Sólo me falta el álbum de Batman, que no lo pude hacer porque estuve malo.

Mi colegio es grande. Hay cientos de niños y niñas. Todos los días viene el autobús a recogerme y a traerme. Bueno, también a mi vecina Lily, que vive en el piso de abajo y es muy guapa.

Lily tiene el pelo muy largo y muy rojo. Es un poco más bajita que yo.

La verdad es que es muy estudiosa, posiblemente más que yo, aunque me duela reconocerlo.

A ella también le gustan las aventuras, pero dice que ahora debemos pensar en otras cosas, en cosas de niños, que lo de las aventuras es cosa de adultos. Que hay que tener por lo menos veinte años para ser aventurero.

A lo mejor, cuando seamos mayores, nos vamos juntos a vivir aventuras.

Me gusta estar con Lily.

Ella también dice que le gusto. Dice que soy muy listo y muy guapo.

Y eso me preocupa, porque yo quiero que diga que soy muy valiente. Pero eso no lo dice nunca. No lo dice porque no lo sabe, pero ya se enterará.

Yo, realmente, tampoco lo sé. Pero lo supongo. Todos los aventureros son valientes.

El valor viene con los años. Cuánto más mayor es uno, más valiente es. Cuando era pequeño, dormía con la luz encendida; ahora no. Eso demuestra que voy a ser muy valiente.

Esta misma mañana, en el recreo, Tomás ha intentado quitarme el bocadillo y yo me he defendido muy bien. La pena es que la mortadela se ha caído en un charco y me he quedado sin bocadillo. Pero yo he luchado con fuerza y he impedido que ese animal de Tomás me robase mi comida.

Lily también es muy valiente. Ninguna

chica puede con ella y los chicos no se atreven a provocarla.

Una vez le soltó tal bofetón a Jorge, el gafotas, porque le dijo que las chicas no podían ser aventureras, que todavía debe de estar viendo las estrellas.

Pobre Jorge, mira que es tonto. Siempre le pasa lo mismo con las chicas. Trata de hacerse amigo de ellas y al final sale cobrando.

Yo soy más listo. Voy con mucho cuidado. Y procuro fijarme en lo que hacen los demás. Por si acaso.

Creo que Lily y yo seremos bastante valientes cuando seamos mayores.

Recorreremos el mundo en busca de tesoros, ayudaremos a los débiles, impartiremos justicia y todo lo demás.

Pero hasta que llegue ese momento tendré que conformarme con los libros, los tebeos, las películas... La verdad es que entre el colegio y mis padres no tengo muchas oportunidades de vivir aventuras.

El otro día, sin embargo, me pasó algo.

No sé muy bien lo que fue. Empezó sin que me diera cuenta.

Iban a poner una *peli* de aventuras fantástica en la tele. Todavía quedaba un buen rato para que empezara, cuando mi madre me llamó:

—¿Maxi, puedes venir un momento?

—¿Ahora mismo?

—¡Claro que sí! Haz el favor de venir.

Supuse que sería para encargarme alguna cosa del estilo de hacer la cama, ordenar el cuarto de baño, poner la mesa, secar los cubiertos...

Los trabajos de la casa son bastante raros y complicados. No entiendo por qué hay que lavar un plato que luego se vuelve a ensuciar. Lo mejor es tirarlo cuando se ensucia.

Claro que eso debe de costar mucho dinero.

Pero Lily y yo lo ganaremos.

Una pareja de aventureros no puede tener problemas domésticos.

—Necesito que me hagas un pequeño

favor, Maxi –dijo mi madre, que estaba escribiendo en su ordenador un reportaje para la revista.

—Ya he arreglado mi habitación.

—No, no es eso. Es algo más importante.

¿Qué puede haber en este mundo que sea más importante para mi madre que hacer mi habitación?

—Nos hemos quedado sin pan para la cena...

No capté a qué venía aquello.

—... y tienes que bajar a la panadería a buscar una barra.

—¿Qué? –exclamé a pleno pulmón–. Yo no he bajado nunca solo a la calle. No sé ir a la panadería.

Eso es lo que respondí, pero por dentro sentí una extraña excitación, muy parecida a la del día en que Lily me dio un beso en la mejilla porque yo le había regalado un paquete de chicles de menta por su cumpleaños.

—No digas tonterías. Sabes perfectamente dónde está la panadería. Has ido conmigo durante años.

—Pero no sé ir solo.

—Sí sabes ir solo. Únicamente hay que cruzar un semáforo. Y ya te he enseñado cómo se hace, ¿verdad?

—Bueno, sí, se cruza cuando la luz está verde para los peatones.

—Y siempre al lado de alguna persona mayor. Es más seguro.

—Pero yo no... Además, la película está a punto de empezar.

—Lo siento, Maxi, hijo, pero a mí no me da tiempo a ir. Necesito que vayas a por el pan, ¿de acuerdo?

—¿Y cómo lo pago? –dije, poniendo dificultades.

—Toma dinero. Hay de sobra.

—¿Y cómo lo traigo?

—Llévate la bolsa.

—¿Y si llueve?

—Te metes en un portal y esperas un poco.

—¿Y si...?

—¡Ponte el anorak y sal pitando, que ya es muy tarde!

16

2

¿DESDE cuándo van los aventureros a comprar el pan?

Mi madre tiene poca sensibilidad para estas cosas. Seguro que ni se le pasó por la cabeza que mis amigos se reirían de mí cuando supieran que hacía recados de ese tipo.

—Creo que tengo un poco de fiebre y no me encuentro bien –dije.

—Déjate de cuentos y vete a la panadería, que tu padre está al llegar.

Si lo de la fiebre no colaba, lo mejor era irse de una vez y acabar lo antes posible. A ver si por lo menos volvía a tiempo de ver la película.

—¡Hasta luego! –me despedí–. Espero que no me atropelle un autobús.

—Anda, protestón –respondió ella–. Date prisa.

Date prisa, date prisa... Los mayores se creen que los niños somos como las motos, que les das al acelerador y, ¡hala!, a correr.

Pues si no hubiera sido por la película, ya veríamos quién se habría dado prisa.

Lo peor era que tenía que bajar las escaleras de cinco pisos andando... Y subirlas a la vuelta.

Cuando estaba en el cuarto piso, me encontré con Lily.

—Vengo de jugar con Luisa –me dijo–. Y tú, ¿adónde vas?

—A un recado –respondí con mucha seriedad–. Yo solo.

Lanzó una rápida mirada a la bolsa.

—¿Vas a por el pan?

Me puse rojo como un tomate.

—Mi madre quería acompañarme, pero no la he dejado.

—¿Puedo acompañarte yo?

—¿Cómo?... ¿Quieres ir a por el pan?

—Sí, contigo.

—Pues no sé, es muy peligroso. Ya sabes, el tráfico...

—Me encantaría ir contigo. Será como una aventura.

—¿Una aventura ir a por el pan?

—¿Y si bajamos en el ascensor?

Decididamente, Lily estaba loca. Ella sabía perfectamente que los niños no podemos bajar solos en el ascensor.

—Si nos pillan, nos matan.

—No se enterarán.

No me dio tiempo a reaccionar. Salió corriendo hacia la puerta del ascensor y presionó el botón de llamada. Dios mío, si aparecía alguien estaríamos meses sin ver la televisión, o sin postre, o a saber qué castigo nos impondrían.

—Vamos, entra –me ordenó Lily en un tono autoritario desconocido para mí.

—Yo creo...

—¿Eres un cobarde o qué?

¿Cobarde yo? Yo que me he peleado con la mitad de la clase y hasta con chicos mayores.

Oímos una puerta que se abría al final del pasillo y vimos al señor Gómez saliendo de su casa.

Me metí en el ascensor.

—Con quién crees que estás tratando, ¿eh? –le dije mientras apretaba el botón de bajada.

—Cruzaremos el semáforo en ámbar –me respondió desafiante.

—Tú..., tú estás loca.

—No, soy una chica valiente. Eso es lo que soy.

Ésta no era la Lily que yo conocía. Me la habían cambiado.

—Conmigo no te hagas la valiente, que todavía te puedo dar un sopapo.

—Atrévete si quieres –respondió poniéndose en guardia.

Pero bueno, ¿qué le pasaba a esa mocosa?

El ascensor frenó y no nos atrevíamos a abrir la puerta. Nos quedamos quietos un momento. Sin respirar. Yo cerré los ojos.

20

21

Ella tomó de nuevo la iniciativa y abrió la puerta muy despacito. Todo iba bien.

Habíamos bajado solos en el ascensor y no se había enterado nadie.

—¡Eh, vosotros! ¿Qué hacéis ahí?

La sangre se me heló en las venas al oír a Plácido, el portero. Lo de la sangre lo he leído mil veces en los tebeos, pero ahora puedo asegurar que es verdad.

—¡Vamos! –me ordenó Lily.

—Yo sólo quería... –traté de justificarme ante Plácido–. Es que voy a por el pan...

—¡Venga, estúpido! –insistió ella.

Si no es porque me llevaba casi a empujones, le habría dicho yo a esa pequeña mandona un par de cosas.

—¡Se lo voy a decir a vuestros padres! –gritó Plácido.

Pero nosotros ya estábamos en la calle.

Harto de recibir órdenes, me planté ante ella.

—Esta expedición es mía y yo doy las órdenes. ¿Entendido?

—Muy bien –me respondió con toda dulzura–. Tú mandas.

—Eso es. Que quede bien claro.

No respondió. De pronto parecía otra; la de siempre, una chica simpática y tranquila.

No entiendo a las mujeres. Un rato antes Lily era como la mujer pantera, agresiva, mandona y peleona. Y al momento siguiente se había convertido en una dulzura.

—Cruzaremos el semáforo cuando yo diga –dije.

—Como quieras.

—Y al lado de una persona mayor –insistí.

—Sí, sí...

Bien, mucho mejor. Había quedado bien claro quién mandaba.

—¿Adónde vais? –era Emilio, que estaba jugando con Jaime y con Belén.

—A un recado –respondí.

—A por el pan –dijo Lily.

Lo que menos me gusta es que se rían

de mí. Y las carcajadas de aquellos tres eran muy fuertes. Me estaban poniendo de mal humor.

—Conque tu mamá te manda a por el pan, ¿eh?

Lo peor de Jaime es el tono de su voz. Como si él nunca hubiera hecho recados a su madre.

—Voy porque quiero –respondí sacando pecho.

En ese momento, Emilio tiró de la bolsa... y me la rompió.

—¿Qué has hecho? –grité enfurecido.

Emilio y Jaime se lanzaban lo que quedaba de la bolsa y se reían.

Tenía que hacer algo.

—No te rías... ¡Bola de grasa!

¡Dios mío! Sin darme cuenta le había llamado bola de grasa a Jaime. Ahora sí que se iba a liar una buena.

No se lo pensó y me soltó una patada en el culo.

—A mí no me hables así, canijo –dijo.

Lily se lanzó contra él y le dio un tirón de pelos.

24

—Devuélvele la bolsa a Maxi –ordenó.

Yo aproveché para tirarme sobre Emilio. Le di un empujón con las dos manos en el pecho y cayó de espaldas. Y se puso a llorar. Ésta sí que era buena, el machote de Emilio llorando. Lo que hay que ver.

Me parece que tampoco comprendo a los hombres.

Lily seguía agarrando a Jaime por los pelos y yo me encaré con él.

—¡Devuélveme la bolsa o... o aquí corre la sangre! –dije en plan duro.

—¡Haz lo que te dice..., saco de grasa! –gritó la dulce Lily, dándole un puñetazo en la espalda.

Soltó lo que quedaba de mi bolsa.

Yo me agaché y la recogí.

—No te volveré a dejar mis tebeos –le dije con toda la furia que me fue posible–. Y ya me estás devolviendo los que te presté.

—Y a mí no me vuelvas a pedir más las frutas que llevo para la merienda. Prefiero tirarlas a la basura –sentenció Lily.

Belén estaba apoyada contra la pared, aterrada.

—Y tú, muñeca, más vale que te busques otros amigos, porque éstos ni son hombres ni son nada.

Eso lo dijo Lily. Reconozco que ni yo mismo hubiera sido capaz de inventar algo mejor. Decididamente, aquella chica me estaba sorprendiendo.

Con este episodio, se puede decir que acababa de conocer la violencia callejera.

Y me dejó un mal sabor de boca.

Apenas acababa de salir de mi casa y ya me había metido en el lío del ascensor y en una pelea callejera.

—Si quieres, puedes volver a casa –invité a Lily–. Iré yo solo.

—Ni hablar –respondió convencida–. Te acompaño hasta el final. Ya ves que hay muchos peligros.

3

PARECE que sí, que éste es un mundo muy peligroso.

Yo no las tenía todas conmigo. Estaba seguro de haberme metido en un lío al permitir que esa criatura de doble personalidad llamada Lily se convirtiera en mi sombra. O en mi guardaespaldas.

Estaba dándole vueltas a eso y no me di cuenta de que habíamos llegado al semáforo. El pitido de un coche me despertó.

Allí estábamos, con el semáforo en rojo para los peatones y verde para los coches.

Esperábamos nuestro turno para cruzar tranquilamente. Los coches no pasaban muy deprisa, había bastante tráfico. Llovía un poco y había pequeños charcos de agua en el suelo. Los coches, al pasar, nos salpicaban; pero como nadie protestaba, yo tampoco.

Miré a Lily y, para mi sorpresa, vi que sonreía. Busqué alguna explicación para esa sonrisa y la encontré: Lily se había refugiado bajo el paraguas de una señora que la protegía de las salpicaduras de los automóviles y de la lluvia.

Me arrimé como ella a la señora que estaba a mi lado. Pero algo no iba bien. Alcé la vista y entonces descubrí que la que protegía a Lily llevaba paraguas... y la mía no.

El semáforo se puso en ámbar y temblé. Miré asustado a Lily, pero ella no me prestó atención. Pensé que se le había quitado de la cabeza aquella idea de cruzar en ámbar.

Por fin, y para mi alivio, se puso rojo para los coches.

Yo ya había elegido a mi protector y di por hecho que Lily se pondría tras la señora del paraguas, lo cual me tranquilizó.

Los coches se habían parado y la gente empezó a andar.

—¡Tú sigue! –gritó Lily–. ¡Yo voy enseguida!

Me di la vuelta y no pude creer lo que vi: ¡un ciego! ¡Lily se había cogido de un ciego para cruzar!

Ella me hizo gestos con la cabeza para que yo continuara andando, como si aquello fuera lo más natural del mundo.

—No pasa nada, señor –le dijo Lily al ciego, que llevaba un bastón en una mano y un maletín en la otra–, yo le ayudo a cruzar.

¿Cómo no va a pasar nada si una niña que no ha salido jamás sola a la calle se pone a cruzar el semáforo con un ciego?

En fin.

Decidí no mezclarme en aquello y terminar de cruzar por mi cuenta.

No quería mirar hacia atrás. No quería pensar que el semáforo se iba a poner rojo de un momento a otro y que al ciego y a Lily no les iba a dar tiempo a cruzar.

A mí sólo me quedaban dos pasos más y ya estaba...

Pero en ese momento oí un grito a mis espaldas. Lo había estado esperando todo el rato. Lily ya había organizado una de las suyas. Seguro.

Me giré y vi al ciego y a Lily moviendo los brazos y gritando a todo pulmón:

—¡Al ladrón! ¡Al ladrón! ¡Me han robado! ¡Socorro!

Estaba equivocado. Por una vez Lily no tenía la culpa.

Un chico mayor, de unos veinte o veinticinco años, le acababa de robar el maletín al ciego y corría como un loco.

—¡Deténle, Maxi, deténle! –dijo Lily.

El chico venía directo hacia donde yo estaba.

Lo primero que me vino a la cabeza fue ponerme a gritar y pedir socorro. Lo segundo, volver corriendo a mi casa, meterme en la cama y decirle a mi madre que estaba malísimo. Lo tercero...

—Detenle, Maxi...

Eso era lo tercero.

Pensé en lo que haría un auténtico aventurero en mi lugar: ponerle la zancadilla al ladrón, darle un golpe, o un buen puñetazo...

Lo que hice en lugar de eso fue cerrar los ojos y apretar los dientes. Estaba muerto de miedo.

El chico iba corriendo a toda velocidad y no debió de verme, porque chocó conmigo y los dos caímos al suelo. El maletín se le escapó de las manos y me dio de lleno en la cabeza.

Oí gritar a Lily al fondo:

—¡Bravo, bravo!

Me dolía todo el cuerpo.

La gente empezó a pararse a nuestro alrededor.

El chico parecía medio mareado del golpe; se levantó como pudo, yo creo que no sabía muy bien con qué o con quién había chocado, y salió corriendo... sin el maletín.

Todo eso ocurrió en apenas unos segundos.

El ciego, que por supuesto no se había enterado de nada, seguía gritando:

—¡Ladrón, delincuente! ¡Devuélveme mi maletín!

Me puse en pie y cogí el maletín, ahora mojado por la lluvia que seguía cayendo.

—Tome su maletín –dije.

—¡Trae aquí! ¡Delincuente! –gritó, quitándomelo de un manotazo.

Y en lugar de darme las gracias, añadió:

—¡Gamberro! ¡Te aprovechas de un pobre ciego!

—Pero oiga... –traté de explicarme sin resultado.

Lily se reía y no decía nada. Parecía hacerle mucha gracia aquella confusión.

Entonces, él me agarró del cuello con fuerza y empezó a gritar:

—¡Policía! ¡Policía! ¡Detengan a este ladrón!

¡Qué manera de gritar!

Algunas personas nos miraron con cierta curiosidad, pero no se las veía con ganas de entrometerse.

Yo tiraba con todas mis fuerzas, y sin embargo no conseguía liberarme.

—¡Suélteme! ¡Yo no he hecho nada!

Lily me cogió de un brazo y con su ayuda pude quitarme de encima al ciego.

—¡Déjate de explicaciones y vámonos! –gritó ella.

No me lo tuvo que repetir. Emprendimos una loca carrera hacia... no sé dónde, mientras el hombre seguía lanzando gritos que se confundían con el ruido del tráfico.

—La panadería está por el otro lado –le dije a Lily según corríamos.

—Ahora tenemos que pensar en nosotros –respondió con seguridad–. Después nos ocuparemos del pan.

No me quedaban fuerzas para discutir. Además, creo que me estaba acostumbrando a recibir órdenes suyas.

Cuando llegamos a la segunda bocacalle, nos detuvimos.

Me apoyé contra la pared y cerré los ojos mientras la lluvía caía sobre mi cabeza. Estaba empapado.

De repente, sentí algo cálido en mi mejilla derecha. Primero una suave presión y después un sonidito como... el de un beso.

—Eres un valiente –dijo Lily mientras yo abría los ojos.

Estaba muy cerca de mí.

—¿Tú crees? –pregunté.

—Sí. Te has enfrentado tú solo a ese ladrón –respondió acariciándome la cabeza.

Retiró la mano y me enseñó tres dedos manchados de sangre.

Me llevé las manos a la cabeza y, efectivamente, se trataba de mi sangre. Me había dado un buen golpe con el maletín.

—Eres un valiente –repitió Lily.

4

—TE invito a tomar una *coca-cola* –dije sin pensar.

Entramos en un bar y nos sentamos al fondo.

Era la primera vez en toda mi vida que me encontraba cara a cara con una chica en un bar.

—¿Qué van a tomar los señores? –preguntó el camarero en un tono que no me gustó nada.

—¿Qué tiene?

—De todo.

—¿Tiene *coca-cola*?

Me miró sin decir nada.

—Pues pónganos dos.

Se quedó quieto, como si desconfiara de nosotros.

—Tengo dinero –dije.

Siguió sin moverse.

Saqué mi billete y lo puse sobre la mesa. Su mano parecía una desagradable garra cuando cogió el dinero.

Tardó mucho, pero finalmente se marchó.

Estoy seguro. No le había visto jamás en mi vida, y sin embargo, por algún motivo, le caí mal desde el principio. Incluso antes de hablar.

Ya sé que no es muy habitual ver a dos niños solos entrar en un bar, y menos aún si uno va sangrando por la cabeza, pero tampoco es para que te traten así.

—Conque soy muy valiente, ¿eh? –dije mientras me ataba el cordón de la zapatilla.

Mi madre dice que soy tímido y que por eso no miro a la cara cuando hablo con alguien. Yo creo que lo hago para dar valor al otro a responder. Claro que eso no quiere decir que no sea tímido, que lo soy.

—Sí, eres muy valiente –dijo una vez más Lily.

Yo no quería hablar de otra cosa, pero tampoco quería ponerme muy pesado. Iba a ser una conversación difícil.

—Has estado genial con lo de ponerte en medio del ladrón –insistió ella–. Gracias a eso has recuperado el maletín.

Estaba a punto de explotar de satisfacción. Si las *coca-colas* no llegaban pronto, me comería las manos o algo.

—Había que tomar una decisión –dije mirando al techo, como quitándome importancia–, y me ha parecido la mejor.

—Y la cabeza, ¿te duele? –preguntó de repente con un interés que me alarmó.

—¿Sangra mucho? –dije poniéndome la mano en la herida.

—No, no te toques.

—A mí me da igual. Además, no me duele.

Me tuve que poner a la defensiva, no fuera a pensar que estaba muerto de miedo sólo porque me salía sangre de la cabeza.

—Cuando seamos mayores –dije–, nos iremos a recorrer el mundo en busca de aventuras, porque tú también eres muy valiente.

Bajó los párpados, igual que hacen las chicas en el cine.

—Estaremos siempre juntos –añadí.

—¿Nos tendremos que casar? –preguntó ella.

—Lo que han pedido los señores –el camarero puso sobre la mesa las dos *cocacolas.*

Las destapó e introdujo en cada botella una pajita, dio media vuelta y se alejó sin prisas.

Esperé a que estuviera bastante lejos para hablar.

—¿Quieres que nos casemos? –pregunté.

—No sé. ¿Y tú?

No tenía una idea muy clara sobre aquel tema.

Agarré la botella con una mano y con la otra me introduje la pajita en la boca. Fue el trago de *coca-cola* más largo que he dado jamás.

—Entonces... –dijo Lily.

—Bueno... Yo creo que sí, si tú quieres...

Fue todo lo que se me ocurrió.

—Me parece que no quieres –afirmó ella.

—Pero bueno, ¿qué importancia tiene eso? –me rebelé–. Si vamos a estar juntos toda la vida.

Tardó un rato en contestar.

—No, si yo no me quiero casar. Sólo quiero saber si tú quieres.

—¿Para qué lo quieres saber? –dije–. Si tú no quieres, pues no nos casamos y en paz.

—No, no quiero. Ni ahora ni nunca. Jamás me casaré. Ni contigo ni con nadie... ¿Entiendes?

No. No entendía nada.

¿Qué estupidez era esa de hablar de algo que nadie quiere hacer?

Los dos queríamos hablar de aventuras, de viajes, de estar juntos. ¿A qué venía aquello de casarse o no casarse?

44

Es la conversación más inútil que he tenido en mi vida.

El camarero antipático volvió a aparecer. Depositó encima de la mesa un platito con unas pocas monedas.

—Debemos marcharnos –dije–. No sea que cierren y me quede sin pan.

—¿Yo te gusto de verdad?

Lily soltó la pregunta a bocajarro, aprovechando que estaba distraído recogiendo las monedas.

—¿Qué? –dije yo, haciéndome el despistado.

Se puso en pie y se dirigió hacia la salida dejando la botella medio vacía.

Salí corriendo detrás de ella con la *cocacola* en la mano.

—Te dejas esto, Lily.

Se detuvo en seco, giró sobre sus talones y me dijo:

—¡Bébetela tú!

¿Qué había hecho para que me tratara así?

Dejé la botella sobre la mesa más próxima y entonces me di cuenta de que el camarero seguía allí, mirándome.

Salimos del local y nos encontramos con una lluvia muy fuerte. Además, había oscurecido bastante.

—No vamos a llegar a tiempo –grité.

Y empezamos a correr. Esquivando a la gente. Me sentía feliz, contento de estar allí con Lily.

Pero la felicidad dura poco, dicen los mayores. Y deben de tener razón.

—Mira –dijo Lily, deteniéndose–. Podemos cruzar la calle por el túnel del metro.

—Yo no he bajado nunca solo. Si mi madre se entera...

Me quedé con la palabra en la boca.

Lily corrió escaleras abajo y a mí no me quedó más remedio que seguirla.

Bajé muy deprisa para no perderla de vista.

—¡Lily! ¡Lily! –gritaba yo–. ¡Espérame!

Pero ella no me esperaba. Parecía incluso que huía de mí.

«¿Qué le pasará?», me preguntaba

cuando tropecé y me di de bruces con algo enorme que empezó a rodar conmigo por el suelo.

—¡Canalla! ¡Bandido! –gritó lo que resultó ser una mujer sin dientes.

Traté de levantarme. Había periódicos en el suelo, cajas de cartón, y la mujer abrigada de una extraña forma intentaba incorporarse... Algunas monedas rodaban por las escaleras todavía.

—¡No me robes mi dinero! –gritaba una y otra vez, persiguiendo con su mirada las monedas.

—Es una cascarrabias –dijo Lily, que había regresado a mi lado al oír el barullo.

—Yo... no sé qué ha pasado. Te juro que no la he visto.

—Venga, tonto, vámonos.

Esa sonrisa me confirmaba que me había perdonado.

La cogí de la mano. Salimos corriendo por el túnel del metro mientras a nuestras espaldas se oían los gritos de la mendiga.

—¡Bárbaros! ¡Pequeños salvajes! Deberían encerraros...

5

LLEGAMOS a las taquillas y nos detuvimos.

—Es bonito, ¿verdad? –me preguntó Lily.

—Sí, entra mucha gente...

—¿Has viajado alguna vez en metro?

—No, nunca –respondí.

—¿Nunca, nunca?

Algo se movió dentro de mí. Lo veía venir.

—Vámonos –dije–, es muy tarde.

Pero era, efectivamente, demasiado tarde.

Lily corría hacia una de las puertas giratorias que en ese momento estaba vacía.

«No lo hará», pensé.

Se agachó y pasó bajo la barra.

Me tapé los ojos con las dos manos.

—¡Venga, valiente! –gritó ella–. ¡Atrévete!

¿Por qué se quedaría mi madre sin pan? ¿Por qué me mandaría a mí a buscarlo? Y, sobre todo, ¿por qué me encontraría yo a Lily en la escalera? ¿Por qué?

—¡Corre! –me gritaba–. ¡Ahora puedes!

Aún no sé muy bien por qué lo hice.

—¡Bien, bien..., muy bien! –cantaba Lily al verme a su lado.

Pero yo estaba muy preocupado. Muy nervioso. Muy asustado.

Miré hacia todas partes, buscando una cara conocida, pidiendo ayuda con la mirada. Esperando que alguien me sujetara de la oreja y me llevara a casa con mi madre.

Pero nadie me prestó atención.

Nadie salvo un vigilante que se dirigía hacia mí.

Era un hombre muy alto, muy fuerte y muy armado. Me había visto y ahora venía a arrestarme.

Yo sólo sabía una cosa, que si llegaba a casa acompañado de ese hombre, mi madre se llevaría un susto terrible. Es muy miedosa.

Como yo.

Miré a Lily con la esperanza de encontrar ayuda, pero no parecía precisamente tranquila. Por primera vez vi que estaba asustada.

Ahora me tocaba a mí tomar la iniciativa. La cogí del brazo y tiré con fuerza.

—¡Vamos! –ordené–. Este tío debe de tener muy malas pulgas.

Obedeció sin rechistar. Nos pusimos a correr hacia el interior. Ni nos fijamos en las indicaciones ni nada, sólo corrimos. Bajamos unas escaleras sin mirar atrás. Un grupo de personas subía en dirección contraria, pero nos metimos entre ellos sin ningún problema. Nadie podía detenernos.

Cuando llegamos al andén, estaba vacío. Sólo el tren con las puertas abiertas.

Tuve la sensación de haber caído en una trampa.

—¡Allí! ¡Mírale! –gritó entonces Lily, señalando hacia la escalera por la que habíamos bajado.

El vigilante armado acababa de aparecer. Bueno, sólo se le veían las piernas, pero seguía bajando y pronto estaría sobre nosotros.

Si nos cogía, estábamos perdidos. Sólo nos esperarían problemas.

El tren pitó.

Como llamándonos.

Lily y yo nos miramos, y sin decir una sola palabra nos lanzamos al interior del tren por la puerta más cercana.

Apenas entramos, las puertas se cerraron. Y el tren comenzó su marcha.

En cuclillas y agazapados tras un asiento, vimos cómo el vigilante se quedaba en el andén sin poder hacer nada.

De todas formas, nuestra situación no era buena.

Nos habíamos convertido en fugitivos.

—¿Qué vamos a hacer? –le pregunté a Lily.

Ella aplastó la cara contra el cristal y, mirando su propia imagen reflejada en él, respondió:

—Bajaremos en la próxima estación.

—¿Y cómo sabes tú que habrá una estación?

Siguió mirando su propia imagen. Parecía que era lo único que le interesaba.

—No seas bobo. En el metro hay muchas estaciones. Está lleno de estaciones.

No me convenció.

—¿Y está muy lejos la próxima?

—No creo –respondió insegura.

—No lo sabes –dije descubriéndola–. ¿Por qué no me miras cuando me hablas?

—¿Por qué no apoyas la cara en el cristal?

—¿Para qué voy a hacer eso? Es una tontería.

—Así podrás ver la estación cuando lleguemos.

Apoyé la cara y sentí el movimiento del vagón.

—Quiero morirme –dije.

54

—Eso lo dicen los miedicas.

—No habrá ninguna estación y no podremos volver a casa.

Lily dijo algo, pero no le presté ninguna atención. Estaba muy preocupado con la idea de quedarme toda la vida en el metro.

—¿No te gustaban tanto las aventuras? –preguntó ella.

—Me gustan las películas de aventuras.

—Imagínate que estamos viviendo una película de aventuras.

—No puedo –dije enfadado.

—¡No quieres!

—No quiero y no puedo. Quiero volver a mi casa.

De repente, una luz blanca nos deslumbró.

—¡Hemos llegado! –gritó alegremente Lily.

Era verdad, había estaciones de metro. Al menos había una, y nosotros acabábamos de llegar a ella.

Nadie se puede imaginar la alegría que da llegar a una estación de metro.

El tren se detuvo y muchas personas salimos y otras entraron. Nos quedamos quietos en el andén. No sabíamos qué hacer. No nos atrevíamos a preguntar. Estábamos cansados.

—Oye, ¿y si nos sentamos un poco mientras pensamos? –propuse.

En el andén había unos pequeños asientos para viajeros cansados.

—Tengo hambre –dijo Lily después de sentarnos.

—Y yo tengo hambre y miedo –dije muy bajito, casi para mí.

La gente pasaba sin fijarse en nosotros. Nadie hubiera imaginado que aquellos dos niños se habían fugado de casa y eran fugitivos de la Ley.

Pasó un tren, pasó otro y siempre era lo mismo. Primero salía gente, después entraban y luego el tren se marchaba dando un pitido antes de cerrar las puertas.

—No me gustan –comentó Lily.

—¿Los trenes?

—Las personas que viajan en el metro –respondió.

—Son las mismas que ves por la calle.

—Ya lo sé, pero aquí parecen más tristes.

—Eso será porque pagan para entrar –dije yo.

—Sí, será por eso –respondió.

—¿Cómo vamos a volver? –pregunté.

Había dos alternativas. La primera, coger el tren que iba en dirección contraria y volver a la misma estación de la que habíamos salido. La segunda, salir por allí mismo y volver andando.

Las dos eran malas.

Si optábamos por la primera, nos encontraríamos de nuevo con el vigilante armado. Si optábamos por la segunda, tardaríamos mucho en volver. Si es que encontrábamos el camino.

—Yo no quiero encontrarme con aquel hombre –confesó Lily.

La verdad es que yo tampoco quería.

—Nos daremos una buena caminata y encima llegaremos tarde. Además, la panadería estará cerrada –dije, pesimista.

—Sí –respondió ella en el mismo tono–, y nos enviarán a un correccional.

—Eso es casi como ir a la cárcel.

—Es lo peor que nos puede ocurrir.

—¿Tú crees que si corremos un poco...? –me atreví a insinuar después de meditar sobre nuestro futuro.

—Tendríamos que correr bastante –respondió.

—Sí, tal vez aún podríamos llegar a casa antes de que empiece la película –dije.

6

DECIDIMOS esperar al siguiente tren y
seguir a la gente para encontrar la salida
sin despertar sospechas; estábamos con-
vencidos de que ya se había dado la orden
de búsqueda y captura contra nosotros.

Tardó poco en llegar. Elegimos una fa-
milia con niños para camuflarnos. Nos pe-
gamos a ellos y los seguimos hasta la salida, es decir, hasta la calle.

Mientras estuvimos en los túneles del
metro, vimos a lo lejos a un vigilante armado con el mismo uniforme que aquel
que nos tenía aterrorizados. Pero éste parecía más inofensivo. En un momento se
quitó la gorra y descubrimos que era calvo, y eso nos tranquilizó mucho.

Por experiencia, nosotros sabemos que en general los calvos son pacíficos y no hacen daño a nadie, y menos a los niños.

El director del colegio es calvo y todo el mundo dice que es más bueno que el pan.

Comentamos que ese vigilante tendría que cambiar de profesión. Pobre.

Salir a la calle nos despejó. Llovía y hacía frío. Estábamos completamente desorientados.

—Podríamos preguntar a alguien –dije.

Lily asintió. Sólo había que elegir a la persona adecuada.

—¡Mira! –gritó Lily de repente.

—¿Qué pasa? –pregunté asustado.

—¡Ese autobús! –dijo señalando–. Pasa cerca de nuestra casa.

—Hay muchos autobuses iguales.

—Como éste no –insistió.

—¿Y qué tiene éste que no tengan los demás?

—Una «C» –dijo con mucho convencimiento.

—¿Y qué significa esa «C»? –pregunté.

—Circular. Es un autobús circular.

—¿Es un autobús que da vueltas? –dije indignado.

—¡Eres tonto! Es un autobús...

—¡No! No subiré a ese autobús... ni a ningún otro, ¿entiendes?

—Pero llegaremos antes.

—No llegaremos nunca. Vamos andando.

—Yo estoy cansada –dijo, plantándose.

Tardé un poco en reaccionar, pero lo hice.

—¡Adiós! Aquí te quedas –y comencé a caminar.

Por primera vez, estaba enfadado. Y mucho. La niña caprichosa quería meterme en otro lío. Pues no, no señor, yo no me subo a ese autobús circular. Y aunque no sea circular.

Había una chica mayor, tendría por lo menos veinte años, en un portal. Estaba parada y se cubría de la lluvia con un gran paraguas amarillo. Me acerqué a ella

62

para preguntarle por el camino de mi casa.

—Señorita, por favor, ¿podría decirme dónde está la calle Santa Engracia?

No me respondió. Al principio pensé que no me había oído, pero yo no me atrevía a preguntar otra vez. Entonces, se inclinó un poco hacia mí.

—Me he perdido –le expliqué.

—¿Y no sabes dónde vives? –dijo amablemente.

—En la calle Santa Engracia.

Recuperó su altura normal, miró hacia todas partes y finalmente levantó el brazo y con el dedo indicó una dirección.

—Creo que...

—Paloma –le cortó una voz de hombre.

—¡Vaya! Por fin estás aquí...

—Perdona, mujer, pero el tráfico...

—Es que llevo casi una hora...

Se enzarzaron en una discusión terrible por culpa del tráfico.

Yo traté de fijarme en la dirección que, a pesar de la discusión, seguía indicando.

Me disponía a tomar el camino que me señalaba mi amiga del paraguas amarillo, cuando oí una voz detrás de mí:

—¿Ya sabes por dónde tenemos que ir? –preguntó Lily.

—Por esta calle, hasta el final.

—Te acompaño –dijo–. Y haré todo lo que tú digas.

No me lo creí.

—Bien –dije con tono autoritario–, no vuelvas a olvidar que yo estoy al mando.

Aunque no me respondió, entendí que de momento aceptaba.

Seguimos caminando en la dirección elegida sin ningún incidente. Íbamos pegados a la pared para protegernos de la lluvia.

—¿Has hecho los deberes de mañana? –quiso saber Lily.

—No he tenido tiempo. Luego los haré.

—Son difíciles. Nos han puesto problemas muy complicados.

—Es igual –dije tratando de no inquietarme–. Se me dan bien las matemáticas.

—¿Recuerdas la pareja que discutía?

—¿La chica del paraguas amarillo?

—Sí. ¿Sabes por qué discutían? –preguntó.

—Por culpa del tráfico.

—No –respondió inmediatamente–. ¿Sabes por qué discuten los hombres y las mujeres?

—Porque las mujeres son muy cabezotas.

—Eso es una tontería. Discuten porque casi siempre quieren cosas diferentes, ¿entiendes?

Me quedé pensativo durante un buen rato.

—Pero tú y yo queremos lo mismo, ¿verdad? –dije finalmente.

Ésas son las cosas difíciles de saber. Yo pensaba que quería las mismas cosas que Lily..., más o menos.

Tengo que reconocer que en aquel momento, perdido y con todos los líos que habíamos tenido, empezaba a dudar. No estaba seguro de nada. Ni siquiera de que fuéramos en la dirección adecuada.

—Creo que deberíamos preguntar otra vez –dije.

—No volveremos a preguntar a una persona mayor, no tienen tiempo de atender a unos críos que se han perdido –respondió Lily.

Creo que tenía razón, la gente mayor te pone mala cara si los molestas. Es como si estuvieran enfadados todo el tiempo. Parece que les cuesta trabajo sonreír.

Seguimos caminando hasta llegar a un cruce con una calle muy ancha. Llena de coches. Daba miedo cruzar.

Había muchas personas esperando. Estaba rojo para los peatones.

—Esperaremos un poco, ahora se pondrá verde –dije a Lily, tratando de dar la sensación de que tenía la situación controlada.

—¿Por qué no le preguntamos a ese niño?

Busqué con la mirada, pero no vi a nadie.

—Ahí, al lado del semáforo –me señaló.

Era cierto, había un niño con un cubo de agua y una esponja.

—¿Qué hace ese niño ahí? –pregunté.

—No sé, pero podemos preguntarle por nuestra calle.

—Bueno, sí..., espera...

El disco cambió de color y todos los peatones se lanzaron a cruzar la calle al mismo tiempo. El niño dio un salto y se plantó ante un coche. Con la esponja, empapó el parabrisas. Entonces, el conductor se bajó y le gritó algo.

El niño se acercó al coche de al lado e hizo lo mismo. El segundo conductor ni se bajó. Asomó la cabeza por la ventanilla y, por lo que dijo, no parecía muy contento de que le mojaran el coche.

El chico no tuvo tiempo de más, porque los coches empezaron a pitar y arrancaron. El semáforo había vuelto a cambiar de color y ahora les tocaba el turno a ellos.

7

EL niño del cubo y la esponja se situó de nuevo junto al semáforo, esperando su turno.

Nos acercamos a él.

—Hola –dijo Lily.

No hizo ningún caso.

—¡Hola! –repitió Lily un poco más fuerte.

No había manera.

Lily le tocó la espalda con el dedo índice y repitió su saludo:

—¡Digo que hola!

Él giró la cabeza, miró a Lily y volvió a su postura original.

Noté como ella se enfadaba.

—¡Eres un mal educado! –le gritó casi en el oído, asustándole.

—¿Estás loca o qué? –dijo el chico–. ¿Qué quieres?

—Yo no estoy loca y ésta no es forma de tratar a una...

La dejó con la palabra en la boca y salió corriendo hacia el coche más próximo que acababa de detenerse en el semáforo.

—Vámonos –dije–. Con éste no hay nada que hacer.

—No nos vamos. Ahora va a saber quién soy yo.

Ya estábamos otra vez en un lío.

—Déjalo... ¿Qué más da?

Cuando Lily se cruza de brazos, más vale no insistir. Así que no insistí.

Un momento después, los coches empezaron a moverse y el niño antipático volvió.

—¿Por qué enfadas a los conductores? –le preguntó Lily.

—Ellos se enfadan solos –respondió sin volverse.

—¿Por qué les mojas el cristal?

70

—No lo mojo, lo limpio, idiota.

El ambiente se iba calentando. Si el semáforo no cambiaba pronto de color, aquello iba a explotar.

Decidí intervenir.

—¿Sabes dónde está la calle Santa Engracia?

—Donde siempre, supongo –respondió.

Lily no pudo más y le soltó un manotazo en la cabeza.

—Imbécil, antipático, estúpido... –dijo ella casi llorando.

Él se volvió y se llevó un bofetón en toda la boca.

Sujeté a Lily para impedir que siguiera zurrándole. ¡Qué fuerza tenía la condenada!

El chico del semáforo sacó un cigarrillo, miró a Lily y lo encendió. Después, con toda tranquilidad, soltó el humo sobre el rostro de mi amiga.

Se produjo un momento de silencio, como en las películas.

—¿Qué quieres, muñeca? –dijo entonces él, mirándola fijamente a los ojos.

—Nada, sólo queríamos saber dónde está la calle Santa Engracia –intervine yo para evitar problemas.

—¿Es que no sabes dónde vives, chaval?

—Sí, sí que lo sé.

—Y tú, ¿por qué fumas? –preguntó Lily.

—Anda ésta..., ¡porque soy un hombre!

—Eres un niño, como nosotros.

—Soy un hombre que se gana su sueldo –dijo orgulloso–. Mira.

Sacó un puñado de monedas del bolsillo.

—Es todo mío.

—Eso lo has robado.

—Lo he ganado limpiando coches. Yo no soy un ladrón.

Poco a poco la cosa se fue tranquilizando, charlamos un buen rato y nos hicimos amigos.

Yo creo que a él le gustaba Lily.

—Me llaman *Calderilla* –dijo presentándose–. Todo el mundo me llama así.

73

Lily le miraba como embobada.

—Yo soy Lily.

—Yo, Maxi.

—Pues os invito a tomar un trago –propuso *Calderilla*.

—Es un poco tarde –dije yo, excusándonos.

—Bueno, si quieres, puedes acompañarnos –añadió Lily.

Calderilla miró los coches que pasaban, después miró el cielo.

—La verdad es que con esta lluvia –dijo– poco voy a trabajar hoy. Esperad un momento.

Cogió su cubo y su esponja y salió corriendo. Se metió en un portal, desapareciendo de nuestra vista.

—Deberíamos marcharnos solos –dije.

—¿Estás celoso? –preguntó ella.

En un instante, *Calderilla* volvió a aparecer a nuestro lado.

—Todo listo. Ya he escondido mis herramientas. Vámonos.

Y emprendimos el camino guiados por él.

La verdad es que nos lo pasamos bien hablando con *Calderilla*. Le habían ocurrido muchas cosas y, según nos contó, había sufrido bastante. No tenía padre y vivía con su madre y varios hermanos en casa de un tío. Bueno, en una casa no, en una especie de chabola. Algo así como una vieja cabaña del Oeste. Pero menos divertido.

—Lo bueno que tengo es la libertad. Nadie me controla y hago todo el día lo que me da la gana.

—¿Y el colegio? –quiso saber Lily.

—No voy. Mi tío me pega alguna zurra de vez en cuando, pero luego se olvida de mí.

Era una extraña vida la de ese chico.

—Allí está Cuatro Caminos –dijo repentinamente *Calderilla*.

—Nuestra casa está cerca –respondió Lily–. Ya estamos llegando.

—Pero hay que comprar el pan –dije yo–. Si no, mi madre me mata.

—¿Y quieres buscar una panadería a estas horas? ¡Tú estás mal de la cabeza!

—Idos si queréis, pero yo voy a comprar el pan –respondí indignado.

—No –dijo Lily–, vamos contigo. ¿Verdad?

—Bueno –asintió *Calderilla*.

Seguimos caminando hasta que vimos una iglesia.

—Enfrente hay una panadería –dije–. ¡Ya hemos llegado!

Y nos lanzamos a correr en la dirección que yo señalaba. Iba loco de alegría, contento de llegar al fin. Tan feliz que no me di cuenta de que estábamos cruzando una pequeña calle oscura.

—¡¡Cuidado!! –gritó alguien a mi espalda.

El impulso que llevaba no me permitió detenerme cuando lo intenté, pero presentí claramente el peligro: ¡un coche se abalanzaba sobre mí!

Es como si todo el mundo se quedase parado. Nada se mueve. El tiempo se de-

tiene. Uno se queda congelado. Todo está paralizado... menos el coche.

No era capaz de reaccionar. Iba a morir aplastado por el automóvil.

Oí chirriar las ruedas, pero no se detenía. En una milésima de segundo vi la cara aterrada del conductor. Entonces sentí una fuerza que tiraba de mí hacia atrás.

Calderilla me había sujetado del anorak y trataba, con todas sus fuerzas, de separarme del coche.

Y lo consiguió.

Ambos caímos al suelo y nos golpeamos contra otro vehículo aparcado. El automóvil frenó un poco más adelante.

«¡Me ha salvado la vida!», pensé.

Y me puse a llorar.

—¿Estás tonto? –me gritó *Calderilla*–. ¿Es que quieres matarte?

Lily, más delicada, se lanzó a mi cuello y me llenó de besos.

—Estás bien, ¿eh? ¿Estás bien? –gimoteaba–. Anda, dime que estás bien.

Yo quería decírselo, pero no podía hablar. Las palabras no me salían. Sólo podía llorar. Pero sabía que estaba bien.

—¡Maldito crío! ¿Es que quieres buscarme la ruina?

Era el conductor. Parecía bastante enfadado.

—¡Imbécil! –me gritó cuando me vio llorar.

Era lo que yo necesitaba en ese momento: que me gritasen.

Casi pierdo la vida bajo las ruedas de su coche y encima la toma conmigo.

—¡Oiga! ¿Puede mover su coche, que no me deja pasar? –chilló el conductor de otro coche.

—Espere un momento... ¿No ve que ha habido un accidente? –respondió él muy enérgico.

—Casi mata usted a este niño –dijo un caballero muy elegante con paraguas.

—Usted no se meta –gritó él–. Venía corriendo sin mirar.

—¡Desgraciado! –soltó *Calderilla*–. ¡Asesino!

—Es verdad –dijo una señora mayor que venía con un perrito–, yo lo he visto todo... ¡Pobre niño!

El conductor, desesperado, se puso a gritar.

—¡Pero bueno! ¿Esto qué es? ¿Quiénes son ustedes?

Otros coches estaban detenidos y empezaron a pitar.

Y todo el mundo hablaba a la vez: «Haga usted el favor de quitar su coche», «¡Habráse visto!», «¡Asesino!»...

Yo estaba mareado. No sabía si estaba peor por el susto o por todo lo que se estaba organizando después.

Calderilla no desaprovechó la oportunidad para hacer de las suyas. Se subió al capó de un coche:

—¡Lo ha hecho a propósito! ¡Casi mata a un niño por no querer frenar! Lo he visto con mis propios ojos.

—Deberían meterle en la cárcel –dijo la señora del perrito.

—¡Que alguien apunte su matrícula,

hay que denunciarle! –intervino el señor elegante.

—¡A ver...! ¿Qué pasa aquí? –cortó una voz fuerte y autoritaria.

Todas las cabezas se giraron hacia la voz.

Era un guardia de tráfico.

8

—Este hombre casi mata a un niño –dijo *Calderilla*.

—Es verdad –apostilló la señora mayor–, yo lo he visto.

El guardia se acercó al hombre, que estaba completamente pálido.

—¿Puede enseñarme su carné de conducir?

Yo estaba en el suelo, muerto de frío, y traté de levantarme. Pero mi mano patinó y volví a caer.

—Escuche –dijo el hombre que casi me mata–, yo no tuve la culpa. Fue él quien se lanzó...

—Señor, por favor, enséñeme el carné.

Y, por primera vez, se acercó a mí.

—¿Te encuentras bien? –me preguntó–. ¿Quieres que llamemos una ambulancia?

Dios mío, cómo se estaba liando todo.
Ya me veía en una ambulancia, cruzando
la ciudad a toda velocidad, con la sirena
puesta y escoltado por los motoristas.

—No, yo sólo quiero ir a por el pan
–respondí.

El agente debió de pensar que me había
vuelto loco.

El conductor le entregó el carné y me
miró como si todo hubiera sido por mi
culpa.

—Gracias –dijo el guardia–. Mientras
hago las comprobaciones, despeje la cal-
zada para dejar pasar a los otros.

—A ver si se va a escapar –dijo *Calderilla*.

—Sería muy capaz –comentó el señor
elegante.

—No puede –intervino Lily–, el guardia tiene su carné y le cogerían.

Yo estaba alucinado. No comprendía

85

nada. Y por mucho que intentaba recomponer los hechos, no conseguía descubrir por qué le estaban dando tanta importancia. ¿Qué hacía tanta gente ahí reunida?

Realmente, no había pasado nada. Estuvo a punto de ocurrir, pero no había ocurrido. Además, la culpa había sido mía y no de él; entonces, ¿por qué se ponían todos en su contra?

Creo que lo que les gusta a los adultos es el jaleo. Parece que están deseando la más mínima oportunidad para organizar bronca. Y lo más curioso es ese empeño en ponerse al lado de alguien aunque no tenga razón.

Pobre conductor, pensé al verle tan nervioso. Y me acordé de mi padre, que a esas horas debía de estar a punto de llegar a casa en su coche. Casi lo confieso todo y pido que le dejen en paz.

—¿Puedes levantarte? –preguntó Lily.

—Es mejor que nos larguemos de aquí antes de que esto se complique –dijo en voz baja *Calderilla*, que ya preveía problemas.

Me incorporé inmediatamente.

—Bueno, adiós, nosotros nos vamos –se despidió *Calderilla*–. Gracias por todo.

—¡Un momento! –ordenó la voz autoritaria.

—No, si ya está bien –le susurró Lily.

—¿Seguro que te encuentras bien?

—Sí, gracias.

—¿No quieres que te llevemos al hospital?

—Yo creo que sería conveniente –dijo la señora del perrito–. Ha sufrido un buen *shock* y puede tener un derrame interno.

—O algún hueso roto –siguió el señor elegante.

—Si quiere, señor guardia, puedo acompañarle al hospital. He sido enfermera –insistió ella.

Esa mujer no tenía otra cosa que hacer que meterse en los asuntos de los demás, pensé de pronto. No le importaba nada de lo que había ocurrido, lo único que quería era entretenerse.

—No, de verdad se encuentra bien –dijo *Calderilla*–. Venga, vámonos.

Por fin nos marchamos. Detrás oímos la voz del guardia que interrogaba al hombre:

—¿Ha tenido algún otro accidente de tráfico?

Unos metros más allá pregunté a *Calderilla*:

—¿Qué les pasa a los adultos?

—Que están locos. Que están amargados. Que quieren guerra...

—No será para tanto –dijo Lily–. A lo mejor sólo es que están aburridos...

—El caso es que no entienden nada –insistió *Calderilla*–. Ni a los niños, ni a ellos mismos.

—Pues vaya mundo éste –dije yo, un poco desanimado.

—¡Ahí está la panadería! –gritó triunfante Lily.

Por fin nuestras penalidades habían terminado. Sólo quedaba comprar el pan y regresar a casa..., y aquel viaje sería sólo un recuerdo.

Tuvimos suerte, porque todavía estaba abierta.

—Esperadme aquí un momento –les dije a mis amigos–. Enseguida salgo.

Entré muy decidido. El panadero estaba hablando con un cliente:

—¿Y ha sido muy grave?

—No, creo que no. Pero podía haberle matado. Pobre niño.

—Es que hoy día le dan el carné a cualquiera –el panadero estaba bastante indignado.

—Pues menos mal que ha llegado la policía...

—Bah, siempre llegan tarde.

Asistí atónito a la conversación sobre mi propio accidente, del cual ninguno de ellos había sido testigo.

—¿Quieres algo? –me preguntó el panadero.

—Una barra grande –dije metiéndome la mano en el bolsillo.

—Aquí tienes, guapo.

No encontraba el dinero. Se me habría caído en el lugar del accidente. Pero cualquiera regresaba allí.

—Ahora vuelvo –le dije.

Salí corriendo en busca de mis amigos.

—¡He perdido el dinero! ¡No puedo comprar el pan!

—Pues pídelo prestado –propuso Lily.

—No me atrevo. Me da vergüenza.

—Entonces, róbalo –ordenó *Calderilla*.

—No sé robar. Además, no soy un ladrón.

—Podemos ir a casa a buscar más dinero.

—Mi madre me castigará –dije–. No sé qué voy a hacer.

—Sois unos pánfilos –comentó *Calderilla* entrando en la panadería.

Tardó un poco en salir. Traía consigo una barra de pan envuelta en un papel marrón.

—Toma. Me lo debes.

—Gracias –me sentía emocionado–. Te lo pagaré, de veras.

—Vámonos –dijo Lily–, ya es muy tarde.

—¿Nos acompañas hasta casa? –le pedí a *Calderilla*–. Es aquí cerca.

Asintió, y los tres nos agarramos de la mano y salimos corriendo. Lily estaba en el centro y se la veía muy feliz.

Llegamos al semáforo y me acordé del ciego.

Miré hacia todos los lados temiendo encontrármelo, pero no estaba por allí. Me tranquilicé cuando me di cuenta de que, aunque estuviese cerca, no nos podría ver.

El semáforo se puso verde para los peatones y, acompañados por *Calderilla*, cruzamos sin problema.

Ya estábamos en la acera de mi casa, ya faltaba poco para llegar, ya veía el final de aquel interminable recado, cuando aparecieron Emilio, Jaime y Belén, acompañados de otros dos que no conocía.

Intuí problemas.

Se plantaron ante nosotros impidiéndonos el paso.

—¿Este gitano es amigo vuestro? –preguntó Jaime mirando fijamente a *Calderilla*.

Jaime es un estúpido que no sabe lo

que hace, y lo estaba demostrando otra vez.

—¡Déjale en paz! –dijo Lily–. No te metas con él.

—Es un gitano y éste no es su barrio. *Calderilla* le miraba de frente, sin decir nada.

—¿Qué te pasa, no sabes hablar? –intervino Emilio.

Emilio también es tonto. Por eso es amigo de Jaime.

Jaime le puso la mano en el hombro y le empujó hacia atrás.

—Vete a tu barrio de chabolas –le ordenó–. ¡Gitano!

Y le seguía empujando. *Calderilla* le dejaba hacer. Jaime no se dio cuenta y cayó en la trampa. Se estaban separando del grupo.

—¡No me hables así! –le gritó *Calderilla* a la vez que le pegaba un puñetazo en la nariz.

Jaime se quedó paralizado. Se llevó las manos a la cara con un gesto de dolor.

93

Emilio quiso ir en su ayuda, pero yo me interpuse:

—Si te mueves, te doy una paliza –dije, plantándole cara.

Él no lo sabía, pero yo estaba muerto de miedo.

—Es que ha pegado a Jaime –dijo como excusa.

—Él se lo ha buscado –insistí.

Lily se acercó a mí y me cogió la barra de pan.

—Trae, yo te la guardo.

Los otros dos se acercaron amenazantes y se pusieron al lado de Emilio.

—Somos más que vosotros –dijo uno.

—Y nosotros somos más valientes –dije yo, a punto de ponerme a llorar.

Jaime empezó a gritar al darse cuenta de que estaba sangrando por la nariz.

—¡Mira lo que me has hecho!

Calderilla estaba dispuesto a lanzar otro puñetazo. Me di cuenta entonces de que tenía la mano más grande de lo normal.

«Se ha llenado la mano de calderilla –pensé–, para golpear más fuerte.»

Jaime intentó atacar y se llevó otro puñetazo. Él no lo sabía, pero era muy grande y muy torpe, y eso le ponía en desventaja respecto a *Calderilla*, que era más pequeño y ágil.

Jaime se puso a llorar.

Los otros no sabían qué hacer. Era una situación difícil.

Si decidían atacar, me iban a hacer puré.

—Eres una estúpida que siempre provocas peleas –le dijo Lily a Belén, y le soltó un bofetón–. ¡Tú tienes la culpa!

—¡No es verdad!

—Sí es verdad, te conozco muy bien. Estás celosa porque Maxi no te hace ni caso.

Belén dio media vuelta y salió corriendo.

—¡Mentira! –gritaba–. ¡Es mentira!

Esta Lily es increíble. No sé si sería verdad lo que dijo de Belén, pero todos la creyeron.

—Levanta la cabeza –le decía *Calderilla*

a Jaime– y tápate la nariz, así no sangrarás... ¿Ves?

Un rato antes se peleaban a muerte y ahora parecían un médico cuidando a un enfermo.

9

Lily se acercó a Jaime.

—Mira que eres bruto... Siempre te metes donde no te llaman –comentó mientras le ponía un pañuelo en la nariz.

Sin embargo, *Calderilla* le miró y dijo:

—Eres un tío valiente. Chócala.

Y se dieron la mano.

—¿Cómo se te ocurre dar la mano a un gitano? –preguntó uno de los chicos nuevos.

Jaime le dio un buen sopapo.

—Desde ahora es mi amigo.

—El que se vuelva a meter conmigo se va a acordar –gritó *Calderilla*.

Ya empezaban otra vez.

—Yo tengo prisa –dije, cogiendo mi pan–. Ya nos veremos otro día.

—Espera –me paró Jaime–. Tengo que hablar contigo.

Me agarró del brazo y me apartó un poco del grupo.

—Oye, ¿a ti te gusta Belén?

Yo, la verdad, ni lo había pensado.

—Pues, no sé. A lo mejor –respondí.

—Es que yo quiero que sea mi novia.

—¿Y ella qué dice?

—Ni sí, ni no.

Todas las chicas hacen lo mismo, pensé. Debe de ser una costumbre que tienen.

—Y yo, ¿qué tengo que ver? –pregunté.

—Tú ya tienes a Lily. Déjame a Belén.

Era increíble. Un energúmeno como Jaime me estaba pidiendo permiso para salir con Belén.

Ya lo he dicho antes, ese chico es un imbécil.

Belén hará lo que le dé la gana, con mi permiso o sin él.

—Si me das tu álbum de cromos de Batman, te dejo salir con ella –dije, pensando que no aceptaría. Era un precio muy alto.

—¡De acuerdo! –asintió entusiasmado–. ¡Trato hecho!

Volvimos a reunirnos con el grupo.

—Hemos formado una banda –me informó *Calderilla*–. Nos llamaremos los Tiburones.

—Sí –dijo Lily–. Los Tiburones de Cuatro Caminos.

—Yo seré el lugarteniente –dijo Emilio.

—¿Y quién será el jefe? –pregunté.

—Yo –confirmó *Calderilla*–. Yo seré el jefe de los Tiburones.

Jaime se acercó a Emilio con cara de pocos amigos.

—¿Y por qué vas a ser tú el lugarteniente? –le preguntó mirándole fijamente a los ojos–. Yo soy más fuerte que tú.

—Bueno –dijo Emilio–, está bien...

—Bien –dijo orgulloso Jaime–. Yo seré el lugarteniente.

Y para demostrarlo, se puso al lado de *Calderilla*.

—Y ésta será mi novia –soltó *Calderilla* señalando a Lily.

—Yo no soy novia de nadie, muñeco –respondió ella agresivamente–. A mí me gusta Maxi, y cuando seamos mayores nos iremos a vivir aventuras..., ¿verdad?

—Bueno..., sí... –dije.

Calderilla y los demás se empezaron a reír. Me sentí muy estúpido.

—¡Sí! ¿Qué pasa? –traté de imponerme–. ¡Nos iremos a recorrer el mundo y nos casaremos!

Ya lo había dicho.

—Eso. Nos casaremos, así que soy la novia de Maxi –dejó claro Lily.

Calderilla, sin pensarlo dos veces, aseguró:

—Entonces mi novia será Belén.

Jaime se quedó con la boca abierta.

—Es que... –dijo dudando– no está aquí...

—Pues vete a buscarla.

—¿Quién, yo? –gritó Jaime.

—Obedece al jefe –le ordenó Emilio–. Un buen lugarteniente tiene que obedecer sin rechistar.

Jaime no sabía qué hacer. El pobre estaba desconcertado.

Calderilla, para ayudarle a decidirse, le lanzó una mirada que lo fulminó. Jaime salió corriendo a cumplir la orden.

—Es lento, pero obediente –dijo *Calderilla* cuando se alejaba.

Yo estaba nervioso.

Era muy tarde y tenía que irme. Miré hacia el portal de mi casa y vi a mi padre que llegaba.

Decidí darle un poco de ventaja.

—¿Qué quería Jaime? –me preguntó Lily.

—Nada, hemos hecho una transacción comercial.

—¿Un negocio?

—Sí –respondí–. He hecho un buen negocio.

—Ya. Menudos negociantes...

No puedo estar seguro, pero creo que ella sabía lo que habíamos hablado. O al menos lo intuía. Lily es muy lista. Demasiado lista.

—A partir de ahora, nos reuniremos todos los días aquí –informó *Calderilla*, que ya estaba completamente metido en su papel de jefe.

—A mí no me dejan salir solo de casa –dije.

Calderilla se acercó a mí, me puso una mano en el hombro y me dijo muy serio:

—Muchacho, ¿cuándo vas a ser un hombre?

—Es mi madre –me excusé–. Dice que soy muy pequeño para andar solo por la calle. Hoy me ha dejado por lo del pan.

—A partir de mañana, quiero verte aquí –dijo–. No me defraudes.

—Yo puedo ir a buscarte –propuso Lily–. Así tu madre te dejará salir.

Calderilla nos miró a ambos y después se dirigió a mí:

—Eres un poco bobo, pero ya espabilarás.

—Aquí estamos –dijo Jaime triunfante–. La he traído.

—Yo no quería venir –exclamó Belén–. Me ha traído a la fuerza.

—Vas a ser mi novia –le anunció *Calderilla.*

—Yo no quiero ser tu novia –protestó ella.

—¡Soy el jefe y harás lo que yo diga! –gritó *Calderilla* fuera de sí.

Ya empezaban otra vez a liarse las cosas. Ya sabía lo que venía después, así que aproveché para escaparme de allí. Mi padre ya estaría sentado a la mesa.

—Yo me voy –dije–. Si puedo, vendré mañana. ¡Adiós!

—Espera –dijo Lily–. Me voy contigo.

Nos cogimos de la mano y salimos corriendo. Esta vez nada ni nadie podría detenernos.

Entramos en el portal y nos dirigimos hacia la escalera.

—¿Subimos en el ascensor? –preguntó Lily.

—¡Ni hablar! Subimos andando.

Y tiré de ella con fuerza para evitar que se le metieran ideas raras en la cabeza.

En ese momento apareció el portero.

—¡Eh, vosotros! Si os vuelvo a ver jugando con el ascensor, os vais a enterar... ¿Me habéis oído?

No le hicimos ni caso. Seguimos corriendo escaleras arriba todo lo deprisa que pudimos.

Aunque estábamos muy cansados, alcanzamos enseguida el cuarto piso, que es el de Lily.

Le solté la mano, pero ella me volvió a agarrar.

—¿Te ha gustado? –dijo.

—¿El qué? –pregunté yo, un poco distraído.

—Este paseo. Es la primera vez que salimos juntos.

Esta chica tenía una visión muy romántica de las cosas. Mira que llamar paseo a una carrera infernal que casi me cuesta la vida.

—Pues no sé –dije tímidamente–. Ha sido excitante, peligroso, y... bueno, sí..., muy bonito. Supongo.

No tenía ganas de discutir. Era mejor darle la razón y acabar de una vez.

—No, no te ha gustado –dijo Lily–. Pero te gustará. Ya lo verás.

—Adiós. Me voy, que es muy tarde –dije.

Ahora sí que me solté.

Salí corriendo y llegué a la puerta de mi casa. Por fin.

10

Toqué el timbre y esperé.

Un momento después apareció mi padre en la puerta.

Le lancé el pan como si se tratase de un balón de *rugby*.

—¡Toma, cógelo! –dije–. Voy al baño.

Y entré veloz como una flecha, sin darle tiempo a decir nada.

—¿Eres tú, Maxi? –gritó mi madre desde el despacho–. ¿Por qué has tardado tanto?

No respondí. Me metí en el cuarto de baño. Tenía que hacer algunas cosas antes de dejarme ver.

—¿Has traído el pan? –insistió ella al ver que no le hacía ningún caso.

—Sí, cariño –respondió mi padre en mi lugar–. Ya podemos cenar.

A mi padre siempre se le pone buen humor cuando va a cenar.

Me miré al espejo. Tenía un aspecto estupendo, de aventurero. Lo mejor era la herida en la cabeza. El pelo estaba manchado de sangre.

Pero seguramente mi madre no pensaría lo mismo que yo sobre mi aspecto.

Metí la cabeza debajo del grifo y froté todo lo fuerte que pude. Incluso me enjaboné un poco.

Después me sequé con una toalla y me peiné de la mejor manera que pude. Me quedó bastante mal, pero es que todavía no me sé peinar solo muy bien. Me consolé pensando que *Calderilla* tampoco se sabía peinar.

Intenté camuflar los arañazos de la cara lavándome bien.

Tenía que darme prisa.

—¡Maxi! –volvió a gritar mi madre–. ¡Sal de una vez!

—¡Voy, mamá!

Ya no me quedaba más remedio: era el momento de dar la cara. Menuda bronca me esperaba por haber tardado tanto.

Me quité el anorak y lo colgé allí mismo, en una percha.

Estaba a punto de salir. Agarré el picaporte de la puerta. Y de pronto pensé que algo había cambiado, que cuando cruzara la puerta y me sentara a cenar en la mesa del salón con mis padres nada iba a ser igual que las otras noches.

Lo que me había ocurrido aquella tarde era casi, casi una aventura.

El ascensor, el ciego, el ladrón, la huida en el metro, la chica del paraguas amarillo, el hombre que casi me atropella, la pelea con Jaime y los otros... Lily... Y sobre todo..., *Calderilla*.

Calderilla era un auténtico personaje de película.

Valiente, atrevido, sinvergüenza.

Y ahora se había convertido en el jefe de los Tiburones de Cuatro Caminos.

Y yo pertenecía a esa banda.

Había sido extraordinario. Y bastante duro.

Es lo que tiene ser aventurero. Pasas frío, te mojas, te dan golpes...

La música de la televisión me recordó que la película había empezado ya.

En realidad ya no me importaba. Al menos, no me importaba mucho.

Pero más me valía salir de una vez si no quería empeorar las cosas.

Me di ánimos pensando que, por mucho que me regañasen, al día siguiente iría al colegio. Y vería a Lily. Y tal vez, con un poco de suerte, tendría que bajar a por el pan. Yo solo, desde luego.

Abrí la puerta como un valiente.